詩片集

季節をくぐる

向井清和

詩片集　季節をぐくる——目次

Ⅲ　思春期

Ⅳ　約束

詩片集　季節をくぐる

Ⅰ　恩寵

ふしぎ

わたしがわたしでいいなんて
今までとても思えなかった…

黄金色のひざし降りそそぐなか
なにかがそっと手を添えた

わたしたちがこうして
ここに生かされてあることに
言い訳が欲しくてしかたなかった…

わたしとあなたが手をつなぐ
あなたと世界が手をつなぐ
世界は無言でわたしたちを抱き寄せる

それだけでよいのだと
あまりにきれいな夕照を見ながら
深く深くいきをする

　ふしぎだね
　ふしぎ

けして強く生きてるわけでも
弱さにひきずられているのでもなく

それでいい
ただこうしてここにあること
ここからが始まりだったのだと
わたしたちはそっと
永遠を足もとに置いたのだった

恩寵

目覚めるたびにあなたが生まれ
振り仰ぐほどに世界が抱きとめてくれる
それはなんというまぶしさなのか
ただあなたがいて
ただそれだけで
すべてが永遠からの贈り物なのだと知る
あなたがいま
ここにこうしているただそれだけで
もうそれは恩寵なのだと思い知る
ひとがひとでいずにはいられぬことの
はかりしれないかなしみと
およびもよらないよろこびと
そんなにもかものすべてを超えて

わたしたちは出会ってきたのであろうし
そしてまた出会ってゆくのであろう
あとはもう祈ることがわたしたちの仕事
ドゥィノの詩人のように
ただ存在を祈るばかりではないか

いのち

…あなたという存在に恵まれた喜び
その恵みに思いを深めれば深めるほど
あなたはわが子であるとともに
ただひとえにわが子でもないと思い知る
めぐりめぐりて
この星の歴史とともに
あまたの父母とつながってきたいのちを
私がそうであったようにまた
あなたもいのちを引き継ごうとしている
おおいなるいのちの子なのだ
もはや
あなたのいのちというより
いのちがあなたになっているのだ

ようこそ

…けして君にとっては
最高の父や母ではないかもしれないけれど
私たちにとって君は最高の子どもなんだよ

よく来てくれたね…
…私たちのところへ

思わず強く柔らかく抱きしめる！

そんなちっちゃな手で
いつも君は何かを引き出して歩く
おもちゃ箱やタンスや机
それからそれから

ありとあらゆる世界の引き出しを
やんちゃいっぱい開けてゆくのだ

ふと気づくと
遊びつかれてころんと眠ってしまう君の
その開きかけた花びらのような手に
引き出してくれていたものを思い知る
それはまさに
私たちじしんの愛する力
よろこびかなしみ感謝する力であったのだ

きみのこころのそばに

遠くにいるから
思わずかなしみは声を張り上げる
近くにいるから
そっと愛はささやく

もしきみのこころがはぐれそうになったとき
きっと私は叫ぶだろうし
きみがあやうい崖に立つなら
どこまでも私は声を振り絞るだろう

愛するということは
なにもできないけれど
いつもそばにいるということ

この身が滅びても
たましいはともにあるということ

きみがいてくれるだけでいい
それだけでいいんだよ

とてつもなくもどかしい私たちだが
それでもひたすら
遠くにいてそばにいる

抱擁

世界の片隅でいつもいつも
君を抱きしめている
たとえ世界がどんなに危うくて
どんなにはかないものだとしても
ぼくらは君を君のままで
明日へ向けてあたため続けることを
誓ったのだから
たとえ世界が冷え込んで
君が君であることにいつか
どんなに苦しく思うときが来ても
僕らは君が祝福されし者だと
信じたのだから

さあ　君が泣きやんで
ふたたびよちよち歩き始めるまで
僕らはいくつ数え唄を歌おうか
世界もきっとそのころには
ぬくぬくとした光に満ちてるだろうから

季《と》満《き》ちる

子どもらは生き急がない
いつもいまが満ちている
ゆっくりゆっくり時は流れ
ゆらゆらひたすら世界とたわむれる

ほうら
そこにぷるぷる笑ってる葉っぱや
あそこでぽろぽろ唄ってる雨のしずくや
そんなすべてがおのれをひらいている
だいじょうぶ、だいじょうぶだよ
花ひらくものたちは風にさらされ
傷みを負うのをためらわない

どうかもっととっぷりと
おのれびらきの季節を与えたまえ

もっともっと子どもらがよく遊び
もっと深くそのふところで眠れるよう
世界のすべてをおだやかにひろげたまえ…

まなざし

君が私たちのところへ来てくれて
もう六年をかぞえているね

あんなにちっちゃな生命だったのに
こんなに大きな人生への力を恵み続けてくれている

ねぇ、もっと!
あっちへ行こう、こっちにも
ほらほら、早く!

君のあとを追いながら
ふとおのれの後ろにまなざしを感じるのだ

それはとてもとてもはるかな
このうえなく悠遠なところから
今もひそやかに送り届けられてくる

父と母を超えた父と母
幼い日の私たちを見守っていた永遠
そして今も祈りとなって抱きしめてくれている

愛されたことをただもう
愛し続ければいいんだよ
それがこの世界に受けとめられることなんだよ

かつて自分が抱きとめられたように
私たちも君を抱きとめていく
やがて君もまたいつか
永遠のまなざしに気付く日がくるときのために

Ⅱ　少年

ごめんね

冬の午後のことだった
車庫で遊んでいた君はうっかり独楽を
その片隅に置き忘れてしまった
私の車が車庫へ入るとき
待って、と叫ぶのが聞こえなかった

独楽は割れてしまった

そんなところに置き忘れたからだと
つい怒ってしまった父だった

理不尽だったね

そこでしか遊べなかったのに
そこでただ父の帰りを待っていたのに

ごめんね
独楽を――

大人はいつもこんなふうに
子どもから取りあげることばかりだった
与えるものをまちがえてばかりだった
世界はいつしか窮屈で
どの子もひとりぼっちになるしかなかった

泣きじゃくる子らのために
今さら割れた独楽を掌にして
ただただうなだれるほかない私だった

雪

なんで雪ふるの？
ねぇ、なんでなの？

それはねぇ
おそらがかなしくて
かなしくてたまらなくなって
かなしみがみんな雪になるんだよ

なんでかなしいの？
なんでそんなにかなしいの？

こころがこわれて
からだもよごれて

季節を変えない限り
世界があらゆるよくないものに染まってしまう
それほどひとはひとを信じなくなってしまったから
おそらはそんな凍えたこころを集めては
なんどもなんども洗いなおし
ひたすらひたすらかなしくなるんだ
そのまま世界をかなしみぬいて
あんなに真っ白な雪になるんだよ

ふぅん、だから雪はあんなにきれいなの？
なんだか今日はとってもきれいにふるねぇ

おやすみ

おとうさんどんなおしごとおしえて
君は憶えたばかりの文字を
色紙に書きつめて
遅い帰宅の父に置き手紙

こんどあそんでね

そうだねいつも
大人のつごうばっかりだったね
お出かけもずいぶんできなかったね

ごめんな

甘えんぼクンが眠り込んでる毛布に
冷えきったからだをもぐらせて
足を絡ませると
なんとわが子のあったかいこと

となりですやすやしているお母さんと
今日は何をお話しして瞳を閉じたのだろう

こんどの日曜は晴れるかな
たくさんたくさんあそぼうな

絆

大丈夫だよ、
行っといで――

君が生まれたとき
君のからだは金色のうぶ毛に包まれていた
とてもちっちゃい光のかたまりが
かろうじて肉化したような
そんなとてもまぶしい子どもだった

あまりに遠くからやってきたからか
君はあまりに小さくて
ＩＣＵの保育器の中で何日も何日も
やせ細ったまま泣き続けていた

そっとさしのべた人差し指を
君はリスのような手のひらでつかみ
なかなか離そうとしなかったね

八歳になった今でも
出かけるたびに君は手を離さない
振り返って何度も
そこにいてね、と私を確かめる

大丈夫だよ、もう
どこまでだって行けばいい
私は必ずここにいるから

つなぐ

手をつなご、ねッ
八歳の君はじいちゃんの手を引き
おとうさんもネ、
と私の手を握る

つないだよ
つながったよ

病院のベッドに座りながら
孫の手のぬくみに目を細める老いた父
君はけらけらと笑い
じいちゃん、いつお家へ戻るの？

もうちょっとしたらな、と遠い耳で答える

そのまま君は私の手を
老いた父の手の甲にかぶせてくれた

つながってるよ
ほらほら

ほんとだな
ずうっとずうっとだな

うんうん、とただうなづく父

――ほんとにずうっと、だな

長い夜

バンと机をたたいて
わかんないもん！
泣きじゃくって抗議する君だった
言い訳するな！と
思わず怒鳴ってしまったわたしだった

その夜はとても長かったね

ごめんな
本当は父さんが悪かった
そんなにまで怒る必要はなかったのに
いつもならまあいいかで済んだのに

分からず屋はわたしだった
つい君のことを当たり前にしていたんだ
いけない父親だったね
ふてくされてベッドに君はもぐり込んだまま

思春期の入り口はもうすぐで
やっとここまで育ってくれた君の背中を
今日の夜はそっと撫でている

あとしばらく

川の字で寝るのは
もうあとしばらくだな
ランドセルを背負う君を見送るのも
もうあとしばらくだな

入学式のときの君を今も思い出すんだよ
不安そうに何度も私たちを振り返っていた
あんなに小っちゃくて
あんなに一歩一歩だった

けらけら　ぽろぽろ　めそめそ　らんらん
学校からいろんな顔を持って帰ってきたね
おかえり、と言うたび少しずつ

わらべから少年になっていた

やがて私たちの手を払いのける
そんな日の来ることは分かっている
だからこそもう
あとしばらくはこのままを
ただひたすらに抱きとめていたい

Ⅲ　思春期

雪の朝

ランドセルは夢袋だった
あんなに小さな背中には大きすぎたけれど
軽やかに君を運んでくれた

中学生になって
ひとまわり大きな指定カバンに変わり
君の足取りはずいぶん重くなった
きらきらとした声が
いつのまにかくぐもった低いつぶやきになり
しぼんだ夢のことを数えながら
見送る母親のことばに気を取り直して
降り積もった雪の朝を出かけていく

それだけ君の背は伸びて
それだけ君の抱くあこがれやよろこびは
その背中にかなしみやくるしみという重さを
帯び始めているのだろう

雪の中の深々とした足跡を今は
ただただ見守るしかない妻と私だった

季節をくぐる

君がだれかを
どうしようもなく好きになって
そんな自分がどうしようもなく苦しくて
膝を抱えて黙り込むときがくる

そのとき君はもう
私の知らない若者の顔で
向こうを見つめているのだろう

そうか、と君の背中で
ただ私はつぶやくしかできないだろう

苦しんでごらん

わけわからずもがいてごらん
ほとほと自分がいやになって
ひたすらのたうちまわるしかなくて

季節をくぐるとはそういうことなんだ

歯がゆい自分にやるせなくも
私は私の仕事を続けていくしかなくて
ただただ君を信じるしかなくて

私もまた季節をくぐっていくのだろう

思春期入門

できなかったことが
あたりまえだったのに
いつのまにか
できることがあたりまえになって
どうしてこんなこともできないの
どうしてそんなことをするの
先回りをする大人たちの強いまなざしに
唇をかみしめている少年の背中

確かにもう
自由じゃなくなったね
自由に何でもできると思っていたのに
ますます自由に何もできない自分を思い知らされる

…やるせない、という言葉が腑に落ちたのは
確かそんな時だったように思う
父さんもそうだったんだよ

机に突っ伏せて眠り込んだままの君に
毛布を掛けながら
思春期の甘にがさに触れている

ドライブ

いつからだろう
ちょこんと当たり前のように
君が助手席に座るようになったのは

君が生まれるまでは母さんの席だった

私の後ろにくくりつけたチャイルドシートが
よちよちを始めた君の指定席になり
その横が母さんの席となってからは
しばらくずっと空いたまま

遠出からの帰路はいつも後ろで
すやすやしている幼い君にタオルケットをかけて

母さんはこっくりこっくり
ただそれだけが幸せで
私はひたすらハンドルを握り続けた

チャイルドシートが要らなくなり
ハンドルを切る私の真似をしながら
車窓の風景を見つめるようになった君

そろそろ交代してあげようかなんて
私の横で生意気いっぱいの中学生になっている

ああもちろん
その日が来たらな
その日が来たら

十五歳の君に

私が父とこの世をともにできたのは五十年あまり
しかし君が私とこの世をともにできるのは
息子よ
そんなに長くはないだろう
だから少しでも少しでも

君に語っておかねばならない

いつか君が私を失っても
おのれの力で歩き続けられるよう
このなにもかも深く果てしなく
はかりしれない世界を渡り続けていけるよう

生きることを
愛することを

まだやっと自分を知り始めただけの
うら若い君だが

少しでも少しでも
私たちの時をいつくしみながら

言えない

オレってさぁ…
高校生になったとたん
君はもう、ボクをやめている

オレはオレだよと
背丈もついに父親を越え
ちょっぴり世界が見えてきて
少年を脱ぎ始めている

分かりやすくない思春期
分かって欲しくないオレと
分かって欲しいボクと
行ったり来たりの階段の踊り場で

君は分かりにくい未来を睨みつける
君なりの悩み方でいい
とにかく階段を若いうちは昇り続けるしかない
本当はもっと
いろんなことを言ってやりたい
しかし言えない
それが父親なのかも知れない

Ⅳ
約束

約束

わたしがひとでなかったのなら
こんなにかなしいことも
かなしむことはなかったろうに
あなたはそう言って

知ることはいつもせつない
知らないままでいられたらなんて
あなたはそう呟いて

思いも寄らずひとはひとになってゆく

でも
知るということ

それは世界への責任
ひとがひとになるための約束

だから

あなたはあなたひとりではないと
やがて知ることになる

私という無限

私は無限の中の一個
そして私のうしろに
無限の死んでいった私がいる

星

純粋な昨日を
限りなく純粋な昨日にし続けると
それは星になるのかもしれない
歴史が涙を凍てつかせるたび
ひとは震える大地にひざまづき
身を寄せあって闇に祈るしかなかったのだろう
夜を照らすために
ひとはどのくらい昨日を
浄め続けたのだろう
星を見るひとよ
明日を見失う乏しき時代にあって
孤独な魂の仕事はもはや
星の語る言葉を聞き続けることかもしれない

ソフィア

やさしさは
この世界の重みをすべて
ひきうけること
――やさしいから
　やさしすぎるからと
　やさしいひとはまた
　そのやさしさまでも責められる
もちろん世界は
身にあまる重さだとは知っている
それでも――
やさしさの深さをおりてゆく

それほどやさしさは残酷
それほどひとはやさしさの淵に立ち
あまりの深さにおびえてしまう

だがそれをひきうけなければ
ひとはひとにとどかない
もはや世界はひとりでいられないほど
自分の重さをほどけずにいるから
それほど世界は
渇いているのだから

虹

時をひたむきに紡ぐなら
それは永遠へと手をさしのべる虹となるだろう
高められた変移が世界をあざやかに満たすだろう
やがて地上に撒かれた孤独たちも
凍えた魂を携えながら
織られ続けたいのちの模様を
闇の中から掬いあげることだろう
ちぎれた時代をひとつずつ
失われた存在たちの声にみちびかれ
はるかな虹へと繋いでゆくことだろう
ただ私たちは気づきさえすればよいのだ
みずから時という名の意志の
転身の物語であることを――

復活

いのちは
光と闇のくちづけが
永遠をつむぎだすところに
つま先立って夢を見ている
まとうものは言葉
つつむものはこころ
かなでるものは魂
いのちはまるで虹の変奏曲
世界はそこでめざめの風をおくり
いやされた傷のやさしさに揺らめいている
みずからをひらきあかしながら
その夢は世界と重なってゆく
かけがえなきつながりに

いのちは豊かな物語を生き始める
わたしはここでわたしになり
あなたはそこであなたとなる
朝焼けのなかに立ち上がる世界の
その輪郭をたどりながら
深い呼吸に愛が満ちあふれてゆく

至高

あなたと手をつないで
ひたすら坂をのぼり続ける
あの頂へと
ゆっくりゆっくり歩をつないでゆく
鳥が旋回し
木々が手を振り
光る草原を風がわたってゆく

敬虔をまなぶために
私たちはそのけわしさを
ひとつひとつのぼってゆく

ひとつひとつ

あなたと私を確かめて

そうしてやがて
しじまのなかにたどり着くだろう
いやされゆく魂をよこたえて
私たちは聴いているのだろう
永遠がさし出した風景に
大いなる何かがその祈りを響かせているのを

静かな力

カノンのように季節はめぐり
けして癒やされることはないはずの
凍てついた傷がそっとまぶたをもちあげる

ひとりが好きだったけれど
ひとりがきらいだった

夢の中でしか泣けなかったひとが
今は日ざしや風たちと言葉をかわしている
木立をぬけて雨上がりの径を踏んで

何度も何度もあきらめた
あきらめることすらあきらめて

あなたを待った
　ほかには何もできやしなかった

たぶん
やさしさとは静かな力
たゆたいながら
ひしめきながら
いのちがつながろうとする時間を
ひたすら信じて守り続ける力だった

あとがき

二十歳の頃まで毎日のように詩を書いていた。
それがなぜか、二十歳を過ぎて書けなくなってしまった。
今から思えば、それが思春期からの脱皮だったのかもしれない。
文学で食っていけるわけがない、憧れはそこまでだ…。
大学を卒業し、故郷へ戻って教職に就いた。
いろいろなことに悩んだ。やはり自分に教師は向いていない、
いっそ教師を辞めてしまおうか。ひたすら青年の憂鬱を引きずっていた。
それがやがて三十代の半ばをうろうろと過ぎた頃、
ようやく自分の中で瘡蓋のようになっていた何かが剥がれた。
教師を続けてみよう、と思った。
いつしか再び詩が書けるようになっていた。
ただ、それは間歇泉のように年に一篇か二篇だけ、
少しずつ湧き上がってくるものとなった。

結婚し、子どもも授かった。詩は子どもをめぐるものとなった。
その詩を年賀状にして、諸賢にお配りするようになった。
そんなふうにして書き溜めてきた詩集である。
迷い悩みながらの教職も結局最後まで勤めきることが出来た。
お世話になった方々への御礼として上梓したい。

令和元年七月

向井清和

向井清和

むかい　きよかず――プロフィール

一九五九年三月　福井県福井市生まれ

一九八一年　金沢大学法文学部卒業

国語科教諭として主に高校の教壇に立つ

文学と教育とカウンセリングとを往ったり来たりしつつ現在に至る

現住所　福井県福井市西木田三丁目一〇－二〇

詩片集　季節をぐくる

二〇一九年八月二〇日　第一刷発行

著　者　向井清和
発行者　能登健太朗
発行所　能登印刷出版部
〒九二〇－〇八五五
金沢市武蔵町七－一〇
TEL（〇七六）二二二－四五九五
制　作　能登印刷出版部　奥平三之
デザイン　西田デザイン事務所
印　刷　能登印刷株式会社

ISBN978-4-89010-753-7